詩集

泡立つ紅茶

戸渡阿見
toto ami

たちばな出版

泡《あわ》立《だ》つ紅《こう》茶《ちゃ》　目次

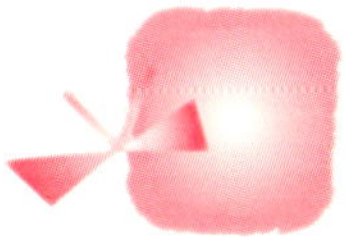

まえがき

詩人は「死人」に聞こえ、俳人は「廃人」に聞こえ、歌人は「佳人」に聞こえます。そう考えると、歌人が一番いいと歌人岡野弘彦氏は言いました。詩人に言わせると、詩人は「思人」であり、俳人は「蠅人」であり、歌人は「蚊人」かも知れません。いずれにしろ、俳人歌人はまじめな人が多く、俳人は洒脱な人が多く、詩人はまじめな人と、変わった人の両方がいます。

本書は詩集ですが、私は俳人であり、歌人であり、小説家でもあります。俳句は、十八歳から作り始め、いまでは現代俳句協会の会員です。短歌は、昭和天皇の短歌の師である岡野弘彦氏に習っていました。しかし、俳句ほど本格的にはならず、もっぱら、禅僧のように道歌を詠むだけです。しかし、また短歌を作りたいとも思っています。

短歌の「調べ」と、俳句の「切れ」は違います。それで、なかなか両立はできないのですが、寺山修司のように、個性的な両立ができたら理想です。

このように、短歌も俳句も好きなのですが、自由詩を作り始めるようになったのは、つい最近のことです。以前から作曲や作詞をやり、短い言葉の詩集は、『神との語らい』というタイトルで、三冊出版したことがあります。しかし、本格的な自由詩は、この詩集が初めてなのです。

私の性質は、どちらかと言えば「死人」「廃人」「住人」と、「思人」

「蝿人」「蚊人」が入り混じり、「志人」「拝人」「花人」や、「子人」「灰人」「火人」を、そこにまぶしたようなもの。だから、本来は、小説や自由詩が合っているのかも知れません。

ところで、現代の詩人では、「まどみちお」や谷川俊太郎はよく知られますが、それ以外の詩人は、あまり知られていません。中原中也や萩原朔太郎、宮沢賢治なども有名ですが、私にとっては、とにかく暗いのです。現代の有名詩人の詩集を見ても、難解で暗いものばかりです。島崎藤村やシェークスピア、武者小路実篤の詩は、まだ明るくてわかりやすい。特に、武者小路実篤の詩には、わかり易くて前向きで、好きな詩がたくさんあります。でも、最近は誰も読まなくなりました。

二十代の頃は、リルケやハイネ、ボードレールなども読みましたが、眠くてよくわかりませんでした。現代の有名な詩人の詩をみても、わからないものが沢山あります。普通の人が読んで解らない詩を、詩人が書く意味はどこにあるのか。いつも、疑問に思う所です。その点、「まどみちお」は最もわかり易く、最も深い気がします。だから、日本人で初めてアンデルセン賞を受賞したのでしょう。

普通の人に何が言いたいのか、良く解らないものは、アニメでも大賞は受賞しません。「千と千尋の神隠し」がアカデミー賞を受賞し、「ハウルの動く城」、「もののけ姫」が受賞しなかったのは、そのためです。普通の知識人なら、誰でもその事は解るはずです。「崖の上のポニョ」も、ちょっと難しいでしょう。

ところで、最近、谷川俊太郎の詩集をしっかり読んで、とても解り易く、明るく、自由奔放なことに驚きました。新川和江もわかり易く、明るく、自由な詩心があり、大好きになりました。詩は、やはり、詩の言葉より詩心に重心があり、難解な言葉や表現に凝る人は、よほど詩心に自信がないのでしょう。「まどみちお」は、ありのままの詩心で、正面から勝負する所が偉大です。

ところで、短歌や俳句で大切なのは、第一は詩心であり、第二に言葉の意味が五十%、あとの五十%は、言葉の調べです。さらに、有り型のパターンにならない意外性があり、その人にしか詠めない個性と、その人らしい輝きがあることが大切です。そこに、芸術性を見出すのです。

これは、詩でも作詞でも、小説や戯曲でも、本質は同じでしょう。谷川俊太郎やまどみちお、新川和江も同じです。いい詩を書く人は、皆その本質に根ざし、生き生きとした魂の品格があります。それが表《おもて》に顕《あらわ》れると、明るくて自由な、輝く詩心になるのです。私は、これらの人々の詩集を丹念に読んで、急に詩に開眼し、自由詩がどんどん書けるようになりました。

　ところで、私はいろんなジャンルの絵を描く、画家でもあります。最初に絵の勉強を始めたのは、俳画や仏画、水墨画や日本画でした。それから、十年以上経って西洋画を始めたのです。西洋画を始めて解ったことは、西洋画とは、何でもありの世界だと言うことです。必ずしも、キャンバスに描かなくてもいいし、立体やコラージュ、画材も何でもありで、びっくりしました。抽象画があり、キュビズムやフォービズム、シュールレアリズムあり、アクションペインティングもある。形をキッチリ描く必要はなく、巨匠ほど形は稚拙です。と言うよりも、形の奥の絵心を大切にするので、敢えてそう描くのです。とにかく自由で、何でもありなのです。それが解り、西洋画が好きになりました。こうして、私は絵画に開眼し、次々と大作が描けるようになったのです。

この、私の絵画における開眼史は、そのまま詩と小説の、開眼史にもあてはまります。つまり、最近まで短歌や俳句など、いわゆる定型詩しか作ってなかったものが、文字数や季語の枠にとらわれない、何でもありの自由詩に開眼したわけです。その発端は、小説でした。小説を書くようになり、何でもありの文芸の楽しさを知ったのです。そこから、何でもありの自由詩の世界に醒め、西洋画のように、次々と書けるようになったのです。

特に、自由奔放でありながら、良く計算された谷川俊太郎の詩には、大きな影響を受けました。シンガーソングライターの、中島みゆきと同じです。それで、私の作詞、作曲の世界にも、新しい創作の世界が広がったのです。

こうしてできた詩集、『明日になれば』は、比較的まじめな詩を集めた一冊です。これを読んだ人は、私がまじめな詩人だと思うかもしれません。一方、詩集『ハレー彗星』は、おもしろくて楽しい、言葉遊びのオンパレードです。これを読むと、おかしい詩人だと思われるでしょう。

また、アルゼンチンに五日間で往復した、九一六時間の機内と空港で作った三十四篇の詩は、そのまま、詩集『泡立つ紅茶』の一冊になりました。これを読むと、「ウニ」入りミックスピザのように、「まじめ」と「おかしさ」がミックスされた、新しい味になったと思うでしょう。

面白いことに、小説で言葉遊びや駄洒落を嫌う人も居ますが、谷川俊太郎やまどみちおの詩集を見て、それを嫌ったり、批判する人は居ません。また、日本の伝統芸能の落語や狂言は、言葉遊びのオチが多いのです。短歌でも、「掛詞《かけことば》」は、伝統的な気の利く修辞法でした。こうして、洒落は、もともと知性と教養を必要とする、気の利いた表現だったのです。それが、一九六〇年代以降、これに価値を認めない人々から、「駄洒落」と言われるようになったのです。

ですから、この歴史を知れば、谷川俊太郎やまどみちお、シェークスピアなどの詩人のように、言葉遊びや駄洒落の詩があっても、決して悪いはずがありません。自由詩の世界では、大歓迎されるのです。詩心とユーモアがあり、人間の本質や魂の局面を、様々な角度から表現するものなら、何でもいいのです。さらに、意外性があり、言葉使いに個性があり、調べが美しければ、もっといいのです。それが、自由詩の魅力だと言えます。

なお、『明日になれば』は、詩画集もあります。これは、ひとつひとつの詩をモチーフに、私が描いた絵を載せたものです。また、『おのれに喝！』という書言集もあります。これは、私の一言の詩を、禅僧のように書道で書いたものです。また、『墨汁《ぼくじゅう》の詩《うた》』は、私の俳句と書と、水墨画の先生とのコラボレーションです。

このように、私にとっては、詩心と絵心は、同じルーツのものです。すなわち、両方とも詩心なのです。そして、絵心とは、それを色彩や形で表わすもの。だから、「まどみちお」も、あんなに素敵な絵を描くのでしょう。しかし、彼の絵画に関しては、詩よりもキッチリと描《か》きすぎです。ミロのように、もっと軽く、もっと色や形を省略した方が、彼の詩心が前面に出てくると思います。

孔子が、教養とは「詩に興り、礼に立ちて、楽に成る」と言ったように、詩心は、魂の高貴な部分の表われです。だから、詩心が豊かであれば、芸術作品の創作範囲は、無限に広がるのです。オペラや歌曲やポップスを歌う歌手も、作詞や作曲をする人にも、歌心とは、音で表わす詩心であることを、是非知って頂きたい。

最後に……。

谷川俊太郎氏は、多くの子供たちや大人に、詩のおもしろさや楽しさを教えました。

私の詩は、無論、それほどのものとも思えませんが、わかり易さや明るさ、また面白さに関しては、きわ立っていると思います。

この詩集を読んで、詩は自由で楽しいものなんだと、思ってくださる方が増えれば、これにまさる喜びはありません。

また全ての芸術家が、詩心を豊かにするために、詩が好きになってくれることを、切に祈るものです。

戸渡阿見

装丁　cgs・清水美和
装画　末房志野
本文デザイン　cgs
本文カット　市尾なぎさ

泡立《あわだ》つ紅茶《こうちゃ》

動物《どうぶつ》 植物《しょくぶつ》 昆虫《こんちゅう》に
負《ま》けるもんか

今日《きょう》も私《わたし》は反省《はんせい》し
今日《きょう》も私《わたし》は進化《しんか》する
毎日《まいにち》の反省《はんせい》は

毎日《まいにち》の進化《しんか》のためだ
進化《しんか》のない反省《はんせい》は
落《お》ち込《こ》むだけである
だから
今日《きょう》もまた
一歩《いっぽ》の向上《こうじょう》のために
反省《はんせい》して進化《しんか》する

植物《しょくぶつ》や昆虫《こんちゅう》や動物《どうぶつ》に
反省《はんせい》はあるのだろうか
人間《にんげん》のように
反省《はんせい》するとは思《おも》えないが
困難《こんなん》や外敵《がいてき》に遭遇《そうぐう》し
命《いのち》がけで学習《がくしゅう》し
適合《てきごう》しようとしている

それが
進化《しんか》の力《ちから》になっている

キラキラ輝《かがや》く目《め》で
必死《ひっし》で生《い》きる昆虫《こんちゅう》たち
死《し》にもの狂《ぐる》いで
エサを探《さが》す鳥《とり》たち

耳《みみ》を欹《そばだ》て
外敵《がいてき》の動《うご》きを警戒《けいかい》する
動物《どうぶつ》たち
皆《みんな》立派《りっぱ》じゃないか
皆《みんな》全力《ぜんりょく》で生《い》きてるじゃないか
一日《いちにち》も休《やす》むことなく

これを見《み》れば
造物主《ぞうぶつしゅ》が
生《い》き物《もの》に進化《しんか》を与《あた》えるのも
無理《むり》はない
そして
そうでない生《い》き物《もの》には
退化《たいか》や絶滅《ぜつめつ》という

裁《さば》きを与《あた》えるのも
公平《こうへい》な事《こと》だと言《い》える

絶滅種《ぜつめつしゅ》が増《ふ》えるのは
悲《かな》しい事《こと》だ
保護《ほご》は大切《たいせつ》だと思《おも》う
しかし

何《なに》よりも
人類《じんるい》が絶滅《ぜつめつ》しないよう
自分《じぶん》が
絶滅種《ぜつめつしゅ》にならないよう
必死《ひっし》になるべきだ

そのためには

反省《はんせい》という
人類《じんるい》の才能《さいのう》と
改善《かいぜん》 工夫《くふう》 向上《こうじょう》という
人類《じんるい》の神《かみ》なる部分《ぶぶん》を
大《おお》いに
発揮《はっき》するしかない

昆虫《こんちゅう》や鳥《とり》や動物《どうぶつ》に
負《ま》けない
毎日《まいにち》を送《おく》る人間《にんげん》は
造物主《ぞうぶつしゅ》が進化《しんか》を与《あた》え
どんな事柄《ことがら》でも
どんな時《とき》にでも
命《いのち》が輝《かがや》くはずだ

これで
はじめて万物《ばんぶつ》の霊長《れいちょう》となり
自然界《しぜんかい》の王者《おうじゃ》になれる
そんな人間《にんげん》に
食《た》べられる植物《しょくぶつ》や動物《どうぶつ》は
きっと納得《なっとく》するだろう
駆除《くじょ》されたり

カゴにいれられる昆虫《こんちゅう》も
きっと諦《あきら》めるだろう
神様《かみさま》に
そうされたと思《おも》って

幸《しあわ》せ

頭《あたま》が上《うえ》で
足《あし》が下《した》
眉《まゆ》が上《うえ》で
目《め》は下《した》だ

鼻縦長《はなたてなが》で
口《くち》は横《よこ》
変《か》えてはならない
順序《じゅんじょ》と形《かたち》
しかし
色《いろ》やバランス
鮮度《せんど》や凹凸《おうとつ》は

少《すこ》しぐらい
完璧《かんぺき》でなくても
いいじゃないか

生《い》き生《い》きさえしていれば
気《き》にならない
自然《しぜん》な姿《すがた》のままで

幸《しあわ》せそうだもの

忍者《にんじゃ》

風《かぜ》が吹《ふ》いて
木《こ》の葉《は》が舞《ま》った
さっきのリスは
どこへ行《い》った

むむむ……
見事《みごと》に
姿《すがた》をくらました
木《こ》の葉隠《はがく》れだ
おぬしは
どこの忍者《にんじゃ》だ
名乗《なの》れ

ぬぬぬぬぬ……
名乗《なの》らぬつもりか
その時《とき》
突風《とっぷう》が突《つ》き抜《ぬ》け
木《こ》の葉《は》が騒《さわ》いだ
リスはきっと
風魔《ふうま》忍者《にんじゃ》にちがいない

さささささ——
いま走《はし》り去《さ》った

雨《あま》もり

雨《あま》もりが激《はげ》しい
天井《てんじょう》が悪《わる》いのか
雨《あめ》が悪《わる》いのか
そんなことを

ずっと考《かんが》えていたら
ズブ濡《ぬ》れになった
結局《けっきょく》
そんなことを考《かんが》えた
ぼくが悪《わる》かった

干柿《ほしがき》

軒《のき》に吊《つる》してある
干柿《ほしがき》は
うまそうだ
実際《じっさい》に食《た》べたら

おいしかった
でも
鳥《とり》がつついたり
猫《ねこ》がなめるのを
見《み》たならば
食《た》べる気《き》に
ならないだろう

知《し》らない内《うち》が花《はな》
いや干柿《ほしがき》だ

わが家《や》

大地《だいち》は続《つづ》く
どこまでも続《つづ》く
大地《だいち》が続《つづ》かなかったら
どうなるか

そこは海《うみ》だろう
海《うみ》は続《つづ》く
どこまでも続《つづ》く
海《うみ》が続《つづ》かなかったら
どうなるか
そこは山《やま》だろう
山《やま》は続《つづ》く

どこまでも続《つづ》く
山《やま》が続《つづ》かなかったら
どうなるか
そこは野原《のはら》だろう
野原《のはら》は続《つづ》く
どこまでも続《つづ》く
野原《のはら》が続《つづ》かなかったら

どうなるか
そこが
私《わたし》の家《いえ》です
地球《ちきゅう》は丸《まる》いから
どこまでも
続《つづ》くのです
一休《ひとやす》みする所《ところ》が

私《わたし》の家《いえ》です
ほら
今《いま》この時《とき》が

ラブリーな中途半端《ちゅうとはんぱ》

中途半端《ちゅうとはんぱ》なのが
なぜ悪《わる》い
中途半端《ちゅうとはんぱ》でない
人生《じんせい》があるのか

中途半端《ちゅうとはんぱ》でない
芸術《げいじゅつ》があるのか
中途半端《ちゅうとはんぱ》でない
自然《しぜん》があるのか
中途半端《ちゅうとはんぱ》でない
宇宙《うちゅう》があるのか

完成《かんせい》のないのが
人生《じんせい》だよ
完成《かんせい》のないのが
芸術《げいじゅつ》だよ
完成《かんせい》のないのが
自然《しぜん》だよ
完成《かんせい》のないのが

宇宙《うちゅう》だよ

問題《もんだい》なのは
中途半端《ちゅうとはんぱ》で
やめることだ
中途半端《ちゅうとはんぱ》のまま
投《な》げ出《だ》しても

平気《へいき》なことだ
それが
中途半端《ちゅうとはんぱ》な人間《にんげん》だ

だから
中途半端《ちゅうとはんぱ》のまま
明日《あした》も一歩《いっぽ》

向上《こうじょう》にむかう
なんと
ラブリーな
中途半端《ちゅうとはんぱ》よ

泡立《あわだ》つ紅茶《こうちゃ》

紅茶《こうちゃ》を飲《の》んでいたら
泡立《あわだ》った
そりゃそうだろう
日本茶《にほんちゃ》でもそうだし

コーヒーでもそうだから
でも
紅茶《こうちゃ》は違《ちが》うんだ
特別《とくべつ》なんだ
なんで？
彼女《かのじょ》と飲《の》んだ
想《おも》い出《で》があるからさ

また
キザな事言《ことい》って……
ぼくだって
彼女《かのじょ》と
日本茶《にほんちゃ》を飲《の》み
コーヒーを飲《の》んだ
想《おも》い出《で》が

一杯《いっぱい》あるよ
紅茶《こうちゃ》だって
そりゃ
一杯《いっぱい》飲《の》んだよ
でも　でも……
ぼくの紅茶《こうちゃ》の
想《おも》い出《で》は違《ちが》うんだ

どう違《ちが》うんだい
ぼくのは……
ふられた想《おも》い出《で》なんだ
なんだい
ぼくだって
日本茶《にほんちゃ》を飲《の》んで
ふられ

コーヒーを飲《の》んで
ふられ
紅茶《こうちゃ》を飲《の》んで
ふられたよ
だから
何《なに》を飲《の》んでも
想《おも》い出《で》が

一杯《いっぱい》あるよ
でも でも でも……
ぼくの想《おも》い出《で》は
違《ちが》うんだ
どう違《ちが》うんだい
彼女《かのじょ》はね……
ニュー ニュー

ニューハーフだったんだ
なんだい今《いま》さら
ぼくだって
ニューハーフじゃないか
そうだね
その時《とき》
一人《ふたり》の飲《の》んでる紅茶《こうちゃ》は

急《きゅう》に泡立《あわだ》った
それを聞《き》いてた
周囲《しゅうい》の客《きゃく》の
日本茶《にほんちゃ》も
コーヒーも
紅茶《こうちゃ》も
みんな泡立《あわだ》った

ネクタイ

ネクタイをすると
気《き》が引《ひ》き締《し》まる
パンツを履《は》いても
引《ひ》きしまらないのに

これはなぜか
絞首刑《こうしゅけい》にあった
前世《ぜんせ》の想《おも》い出《で》か
奥《おく》さんに
首《くび》を絞《し》められる
未来《みらい》の予感《よかん》か
それとも……

首輪《くびわ》をつけられ
小屋《こや》につながれる
犬《いぬ》の怨念《おんねん》か
わからない
わからないまま
今日《きょう》も
ネクタイをしめる

人々《ひとびと》は
なぜネクタイを
毎日毎日《まいにちまいにち》
締《し》めるのか
何《なん》の疑問《ぎもん》もなく

パーマ

パーマを当《あ》てたら
ウェーブが出《で》た
風《かぜ》が吹《ふ》くと
ウェーブがゆれる

まるで
西欧人《せいようじん》のようだ
昔《むかし》だったら
これは
チョンマゲだった
風《かぜ》が吹《ふ》いても
何《なに》もゆれない

ただ頭頂《とうちょう》に
黒《くろ》いピストルが光《ひか》り
ピューと風《かぜ》に鳴《な》る
颯爽《さっそう》と荒野《こうや》を行《ゆ》く
ガンマンのように

プラットホームにて

長《なが》い髪《かみ》の
乙女《おとめ》は素敵《すてき》だ
それを
ショートカットに

するなんて
何《なに》かの気分転換《きぶんてんかん》かな
それとも
失恋《しつれん》したのかな
意味《いみ》もなく笑《わら》う
あの笑顔《えがお》に
きっと秘密《ひみつ》があるはずだ

ちょっと
聞《き》いて見《み》ようか
いや失礼《しつれい》かな
でもやっぱり
気《き》になるな
しかし
どうでもいいや

そんなこと
ああ 電車《でんしゃ》に乗《の》り遅《おく》れた
ショートカットの
彼女《かのじょ》は笑《わら》ってる
長《なが》い髪《かみ》なら
もっと素敵《すてき》なのに
切《き》った髪《かみ》は

どうなったのかな
きっと
美容院《びよういん》の床《ゆか》に
無造作《むぞうさ》に捨《す》てられたんだ
そんなこと
どうでもいいや
他人《たにん》の髪《かみ》の毛《け》だ

ぼくには
関係《かんけい》ないよ
でもやっぱり
気《き》になるな
あのショートカットは……
キヨスクの
お姉《ねえ》さんの髪型《かみがた》は

変《か》えないでほしい
また電車《でんしゃ》に
乗《の》り遅《おく》れるから

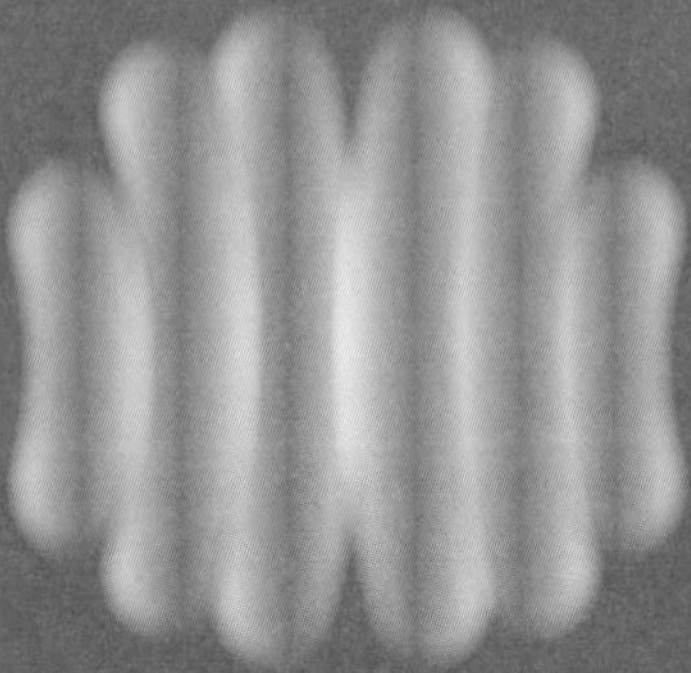

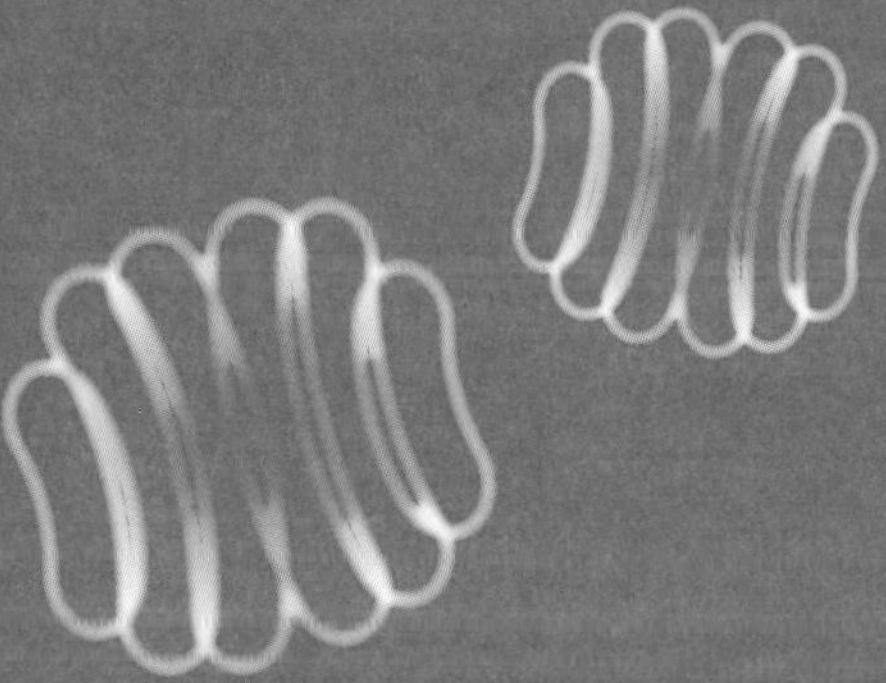

使《し》命《めい》

いやいややっても
使《し》命《めい》は使《し》命《めい》だ
思《おも》い切《き》り
開《ひら》き直《なお》り
明《あか》るく

死《し》ぬ気《き》でやれば
使命《しめい》を忘《わす》れ
毎日《まいにち》が楽《たの》しい
そして
使命《しめい》が
いつの間《ま》にか
全《まっと》うされる

一《ひと》つを選《えら》ぶな

天丼《てんどん》　素《す》うどん　かき揚《あ》げ丼《どん》
どれにしますか
うーむ　全部《ぜんぶ》食《た》べたい
どれにしますか

一《ひと》つがいいとは限《かぎ》らない
どれにしますか
では……
はいどうぞ
素《す》うどんに天《てん》ぷらを入《い》れ
そこにかき揚《あ》げを入《い》れ

ご飯《はん》だけを
丼《どんぶり》に入《い》れます
一人前《いちにんまえ》のご飯《はん》が
残《のこ》りますが……
それは持《も》ち帰《かえ》り
仏壇《ぶつだん》にそなえます
ああそうですか

一《ひと》つを選《えら》ぶより
三《みっ》つを合《あ》わせ
活用《かつよう》すれば
人生《じんせい》は三倍《さんばい》楽《たの》しい
ご先《せん》祖《ぞ》様《さま》も
お喜《よろこ》びです

蝶々《ちょうちょう》とトンボ

蝶々《ちょうちょう》が
ヒラヒラ
飛《と》んで来《き》て

サラリーマンの
肩《かた》にとまる
ヒラ社員《しゃいん》に

トンボが
フラフラ
飛《と》んで来《き》て

踊《おど》り子《こ》の
頭《あたま》に止《と》まる
フラダンスに

蝶々《ちょうちょう》とトンボが
風《かぜ》にたわむれ
人間《にんげん》の鼻先《はなさき》に

とまる
ハナレ技《わざ》だ

だから
どうしたの
どうもしないよ
なんとなく

飛《と》んでるだけさ
それが蝶々《ちょうちょう》や
トンボというものさ

いろいろ考《かんが》えて
飛《と》べないのは
人間《にんげん》だけさ

ヒラヒラヒラ
フラフラフラ
いい生涯《しょうがい》を
送《おく》ってるね
蝶々《ちょうちょう》とトンボ

電流《でんりゅう》

体《からだ》に電流《でんりゅう》が走《はし》る
手足《てあし》に電流《でんりゅう》が流《なが》れ
全身《ぜんしん》の体毛《たいもう》から
放電《ほうでん》している
これが感動《かんどう》だ
なんという感動《かんどう》なんだ

海《うみ》と雪山《ゆきやま》に囲《かこ》まれ
海辺《うみべ》の砂浜《すなはま》で
南極大陸《なんきょくたいりく》を想《おも》う
地球《ちきゅう》の命運《めいうん》を握《にぎ》る
氷《こおり》の大陸《たいりく》
南極大陸《なんきょくたいりく》よ
生《い》き延《の》びてくれ
もっともっと
星《ほし》よりも永遠《とわ》に

黄金《おうごん》の国《くに》

空《そら》には虹《にじ》があり
虹《にじ》に雲《くも》がかかる
雲《くも》を鳥《とり》がさえぎり
表《あら》われては

消《き》える
だが
ぼくの心《こころ》には
南極大陸《なんきょくたいりく》の
イメージが残《のこ》り
砂浜《すなはま》を歩《ある》いても
気持《きも》ちは踊《おど》る

この砂浜《すなはま》から
海《うみ》のかなたに
南極大陸《なんきょくたいりく》がある
そこに
六種類《ろくしゅるい》のペンギンが
住《す》むそうだ
ペンギンは

毎日《まいにち》何《なに》を考《かんが》え
暮《く》らしてるのだろう
きっと何《なに》も考《かんが》えず
氷《こおり》の上《うえ》を
走《はし》ったり転《ころ》ぶだけだ
もったいないないな
黄金《おりごん》の国《くに》に

住《す》んでいるのに
知《し》らないままで
死《し》ぬなんて
地球上《ちきゅうじょう》の氷《こおり》の
九割《きゅうわり》を占《し》める大陸《たいりく》は
黄金《おうごん》の国《くに》
虹《にじ》がオーロラに変《か》わる

黄金《おうごん》の国《くに》に
違《ちが》いないのに

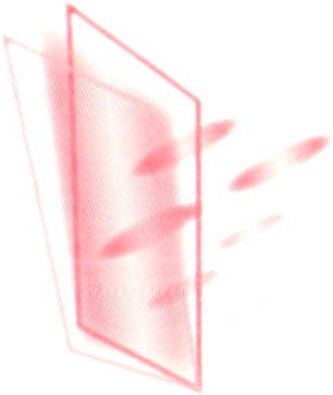

旅《たび》

右《みぎ》を見《み》れば
山《やま》ばかり
左《ひだり》を見《み》れば
雪山《ゆきやま》ばかり

前《まえ》を見《み》れば
山道《やまみち》ばかり
後《うし》ろを見《み》れば
海《うみ》が見《み》える

ここはどこか
ノルウェーか

いいえ
アルゼンチンの
フエゴ島《とう》です
車《くるま》の中《なか》で
いつの間《ま》にか
まどろみ
われに返《かえ》り

しみじみと思《おも》った

旅《たび》から旅《たび》へと
人生《じんせい》は続《つづ》く
山《やま》や雪山《ゆきやま》
海《うみ》や道《みち》を
毎日毎日《まいにちまいにち》

人《ひと》が
歩《ある》くように
家《いえ》や会社《かいしゃ》
事務所《じむしょ》にいても
心《こころ》の景色《けしき》は
旅景色《たびげしき》だ

楽《たの》しいのやら
苦《くる》しいのやら
目的《もくてき》地《ち》に
着《つ》くまでが
旅《たび》の楽《たの》しさ
旅《たひ》の味《あじ》
旅《たひ》そのものだ

人生《じんせい》もきっと
楽《たの》しいのやら
苦《くる》しいのやら
目的地《もくてきち》に
着《つ》くまでが
人生《じんせい》の味《あじ》
人生《じんせい》の面白《おもしろ》さ

人生《じんせい》そのものだ

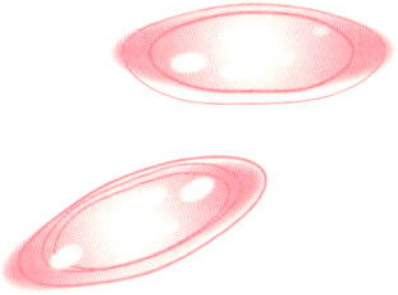

ジェロニモ

ジェロニモに会《あ》った
ジェロニモが笑《わら》う
ジェロニモの顔《かお》の皺《しわ》は
ジェロニモ風《かぜ》だ

私《わたし》も
飾《かざ》らない自分《じぶん》の
そのままの
年輪《ねんりん》で
輝《かがや》きたい
ジェロニモのように

ブエノスアイレス

ここ
ブエノスアイレスは
ちょうど
日本《にほん》の

反対側《はんたいがわ》にある
地球《ちきゅう》の裏側《うらがわ》の都市《とし》だ

もしここに
地球《ちきゅう》の直径《ちょっけい》と
同《おな》じ大《おお》きさの
長《なが》い槍《やり》があれば

地面《じめん》につき刺《さ》したい
そうすれば
日本《にほん》に居《い》る
友達《ともだち》の股《また》にささる
友達《ともだち》は
さぞかし驚《おどろ》き
痛《いた》がるだろうな

ブエノスアイレスの
寒《さむ》い朝《あさ》に
槍《やり》のような
高《たか》い木《き》が立《た》っていた
朝《あさ》もやの中《なか》で
それが
どんどん伸《の》びている

海《うみ》

海《うみ》は広《ひろ》い
どこまでも広《ひろ》い
本当《ほんとう》かな
それは

広《ひろ》い海《うみ》を
見《み》ているからだろう
狭《せま》い海《うみ》だって
あるよ

でも
狭《せま》い海《うみ》も

広《ひろ》い海《うみ》と
どこかで
つながっている
だから
やっぱり
海《うみ》は広《ひろ》いんだ

ほんとうに
海《うみ》は
果《は》てしなく
続《つづ》いてる

人類《じんるい》の命《いのち》も
狭《せま》い友人《ゆうじん》
家族《かぞく》とつながり

やがては
広《ひろ》い地球《ちきゅう》の
全《すべ》ての命《いのち》と
つながっている
それから
宇宙《うちゅう》の星《ほし》の
全《すべ》ての
命《いのち》にまで

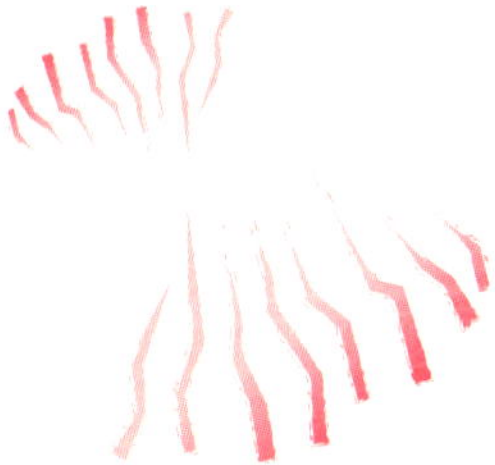

林《はやし》

林《はやし》を抜《ぬ》けると
林《はやし》があり
その林《はやし》を抜《ぬ》けると
また林《はやし》があった
どこまでも続《つづ》く

林《はやし》林《はやし》林《はやし》
ようやく
林《はやし》を通《とお》り抜《ぬ》け
町《まち》に出《で》たら
友人《ゆうじん》の
林君《はやしくん》が待《ま》っていた
いいかげんにしてくれ

ペンギン

ペンギンが
電線《でんせん》に
三匹《さんびき》止《と》まってた
ほんとうに？

うそです

ペンギンが
鉄腕《てつわん》アトムの
背《せ》に乗《の》って
空《そら》を飛《と》ぶ
ほんとうに？

うそです

ペンギンが
陸上《りくじょう》競技《きょうぎ》に
出場《しゅつじょう》します
ほんとうに？
うそです

どこまで
うそが
続《つづ》くのですか
それは
ペンギンだけが
知《し》っている
ほんとうに？

うそです
あなたは
誰《だれ》ですか
川《かわ》ウソです
ペンギンばかり
かわいがらず

川《かわ》ウソも
かわいがってください
私《わたし》も
水《みず》に生《い》きる
動物《どうぶつ》です
命《いのち》の輝《かがや》きは
変《か》わりません

アザラシ

アザラシは泳《およ》ぐ
氷《こおり》の上《うえ》
棚《たな》ざらし

アザラシは眠《ねむ》る
陸《りく》の上《うえ》
野《の》ざらし

アザラシは争《あらそ》う
水《みず》の中《なか》
アザだらけ

アザラシはまねる
オットセイ
オット
アザラシだった

アザラシは
アザラシは

ペンギンよりも
変《へん》な顔《かお》で
変《へん》な姿《すがた》だ

それでも
かわいいのは
なぜなのか

いつも
そのままで
無邪気《むじゃき》に
遊《あそ》んでるからです

ペンギンや
オットセイを

気《き》にすることなく

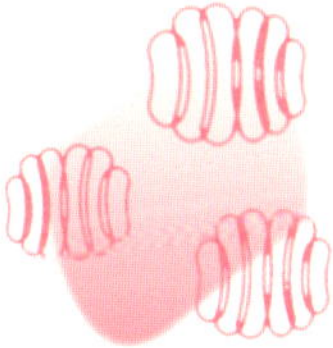

天《てん》狗《ぐ》

天《てん》狗《ぐ》の鼻《はな》は
なぜ長《なが》いのですか
ゾウさんの
まねをして

途中《とちゅう》で
挫折《ざせつ》したからです
それは
いつ頃《ごろ》のことですか
ゾウ長魔《ちょうま》に
なった頃《ころ》です

ゾウリ虫《むし》

ぞうり虫《むし》は
草履《ぞうり》の妖怪《ようかい》ですか
違《ちが》います
じゃあなぜ

草履《ぞうり》に
そっくりなんですか

それは……
草履《ぞうり》に踏《ふ》まれ
それでも立《た》ち上《あ》がる
雑草《ざっそう》を

偉《えら》いと思《おも》い
敬《うやま》うからです

一寸《いっすん》の虫《むし》にも
五分《ごぶ》の魂《たましい》です
ぞうり虫《むし》は
草履《ぞうり》の下《した》の
雑草《ざっそう》をこよなく愛《あい》し

魂《たましい》で見習《みなら》う内《うち》に
ああなったのです
ほんとうは
バッタやカマキリのように
雑草《ざっそう》に似《に》るべきですが
そこを
ちょっと間違《まちが》えたのです

でも
そんなことを
ぞうり虫《むし》は
あまり気《き》にしていません
どうりで
ぞうり虫《むし》は
いつも生《い》き生《い》きして
直向《ひたむ》きなはずだ

今日《きょう》も素早《すばや》く
ぞうり虫《むし》は
地面《じめん》を走《はし》る
あたりに
後光《ごこう》を
発《はっ》しながら

福《ふく》の神《かみ》

いそがしそうですね
はい
貧乏暇《びんぼうひま》なしで

お金持《かねも》ちは
暇《ひま》ですか
はい
時間《じかん》に
余裕《よゆう》がありますから
でも

心《こころ》は忙《いそが》しいですよ
そうですか
お金《かね》を
なくさないように
必死《ひっし》ですから

それじゃ

貧乏《びんぼう》な方《ほう》が
心《こころ》に余裕《よゆう》が
ありますね

そうとも
限《かぎ》りません
そうですか

心《こころ》まで貧《まず》しい人《ひと》は
お金《かね》をふやすのに
必死《ひっし》ですから

それじゃ
ほどほどが
いいのですね

そうとも限《かぎ》りません
そうですか

心《こころ》が
ほどほどの人《ひと》は
お金《かね》を
なくさないように

また
お金《かね》をふやすように
必死《ひっし》ですからね

それじゃ
どうすれば
いいのですか

ボロは着《き》てても
心《こころ》は錦《にしき》か
金《かね》はあっても
とらわれず
心《こころ》の錦《にしき》を
大切《たいせつ》にするか
どちらかでしょう

あなたは
誰《だれ》なんですか
私《わたし》は
大黒屋《だいこくや》エビスという
福《ふく》の神《かみ》です

星《ほし》空《ぞら》

飛行機《ひこうき》から
はじめて
星空《ほしぞら》を見《み》た
いつも見《み》る

星空《ほしぞら》の
何倍《なんばい》も明《あか》るく
大《おお》きく見《み》えた
飛行機《ひこうき》に乗《の》ると
星《ほし》に近《ちか》づくから
そう見《み》えるのか
ちがうでしょう

心《こころ》が星《ほし》に
近《ちか》づくからでしょう
きっときっと

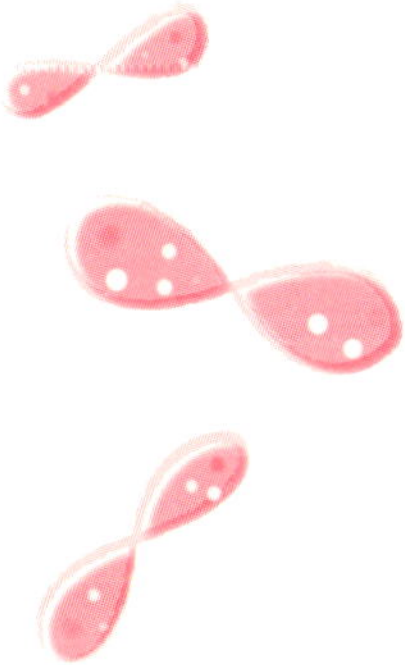

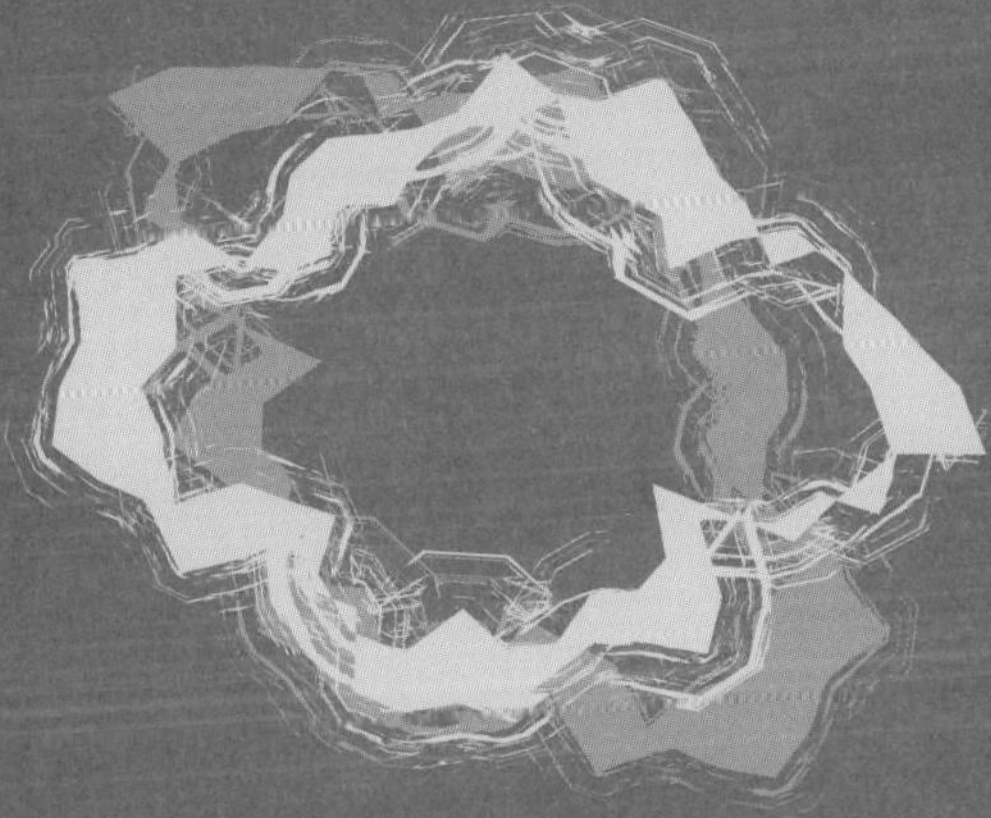

黴菌《ばいきん》

支離滅裂《しりめつれつ》な
事《こと》ばかり言《い》う
黴菌《ばいきん》がいた
尻《しり》についてた

黴菌《ばいきん》だった

ハラハラ
する事《こと》ばかり言《い》う
黴菌《ばいきん》がいた
ヘソに住《す》んでた
黴菌《ばいきん》だった

ホラばかり吹《ふ》く
態度《たいど》のでかい
黴菌《ばいきん》がいた
オナラが通《とお》る
パンツの黄《き》ばみに
堂々《どうどう》と住《す》んでた
黴菌《ばいきん》だった

なんでも喜《よろこ》び
なんでも感謝《かんしゃ》する
変《へん》な
黴菌《ばいきん》がいた
笑顔《えがお》の口元《くちもと》に
こっそり住《す》んでた
黴菌《ばいきん》だった

あまりにも
ゆっくりおじぎする
黴菌《ばいきん》がいた
むれた
カツラに住《す》んでた
黴菌《ばいきん》だった

黴菌《はいきん》は
住《す》む環境《かんきょう》に
素直《すなお》に影響《えいきょう》される
繊細《せんさい》な
生《い》き物《もの》だ
人間《にんげん》の
心《こころ》と同《おな》じように

知《し》らない内《うち》に

知《し》らない内《うち》に
年《とし》を取《と》った
私《わたし》です
知《し》っている内《うち》に

年《とし》を取《と》るのは
子供《こども》だけでしょう
でも
もうこの年《とし》まで
くれば
知《し》らないままで
一生《いっしょう》を

送《おく》るつもりです
毎日毎日《まいにちまいにち》を
子供《こども》のように
生《い》きて

怪《あや》しい手《て》

のどから
手《て》が出《で》るほど
欲《ほ》しいものが
あった

良《よ》く見《み》ると
本当《ほんとう》に
のどから
手《て》が出《で》ていた
生《なま》つばを
飲《の》みこむと

手《て》はひっ込《こ》んだ

ちょっと
サイフが
気《き》になると
のどの手《て》は
ぼくのサイフを

押《お》さえこんだ

やっぱり
買《か》おうとすると
また
のどから
手《て》が出《で》た

のどの手《て》の
つけ根《ね》を
良《よ》く見《み》ると
買物《かいもの》好《ず》きの
妻《つま》の
生霊《いきりょう》だった

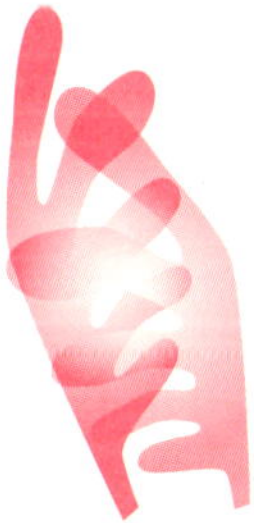

消《け》しゴム

後悔《こうかい》は
先《さき》に立《た》たず
というけれど
どこに立《た》つのかな

それは
後《あと》でしょう

後《めと》からでも
立《ん》つものかな
立《た》たないでしょう
そうですよね

横《よこ》になって
不貞寝《ふてね》する
ぐらいですよね

それだけなら
いいのですが……
ほかに何《なに》か?

ふて寝《ね》して
おねしょしたら
どうなりますか
後悔《こうかい》しますね
そうでしょう
だから
後悔《こうかい》は

後悔《こうかい》を生《う》むのです

ほんとにね

だから
後悔《こうかい》は
先《さき》に立《た》たず
後《あと》にも立《た》てない

ほうがいい
それじゃ
どうしますか
後悔《こうかい》という
やっかいなものは

それはもう
消《け》しゴムで
消《け》すしか
ないでしょう
消《け》しゴムで
消《き》えますか
消《き》えますよ

へえー

何《なに》があっても
未来《みらい》への教訓《きょうくん》と
受《う》け取《と》り
屈辱《くつじょく》を
バネに変《か》えて

前《まえ》向《む》きに生《い》きる
勇《ゆう》気《き》という
消《け》しゴムが
あればの
ことですがね

その消《け》しゴムが

あれば
ぼくも欲《ほ》しいな

そうだ
この消《け》しゴムなら
あげますよ
ほらこれです

これですか
そうです
何《なん》だか
まばゆいな

その
消《け》しゴムには

人《ひと》の目《め》
と書《か》いてあり
裏側《うらがわ》には
気《き》にしない
と書《か》いてあった

道《みち》

自分《じぶん》で
いいと思《おも》った
道《みち》を
行《い》けばいいだけ

間違《まちが》った道《みち》なら
やがて
正《ただ》される

だから
いいと思《おも》った道《みち》に
進《すす》むしかない

そこに
自由《じゆう》があり
幸《しあわ》せがある

決《き》められた
道《みち》や
示《しめ》された

道《みち》に
行《い》くだけなら
自分《じぶん》の
人生《じんせい》じゃない

自分《じぶん》が
いいと思《おも》う

道《みち》に
今日《きょう》も
進《すす》むだけだ

行《い》き詰《づ》まり
曲《ま》がりくねった
道《みち》でも

必《かなら》ず続《つづ》いている

だから
行《い》きつ戻《もど》りつして
遠回《とおまわ》りや
余計《よけい》な道《みち》が
あっても

進《すす》んで行《い》く
限《かぎ》りは
必《かなら》ず前《まえ》に進《すす》み
やがて
目的地《もくてきち》に
到着《とうちゃく》する

そこから
また
心新《こころあら》たに
次《つぎ》の目的地《もくてきち》に
向《む》かうのです
それが
死《し》ぬまで続《つづ》きます

いや
本当《ほんとう》は
死《し》んでからも
続《つづ》くのです
心《こころ》が萎《な》えて
歩《あゆ》みを
やめなければ

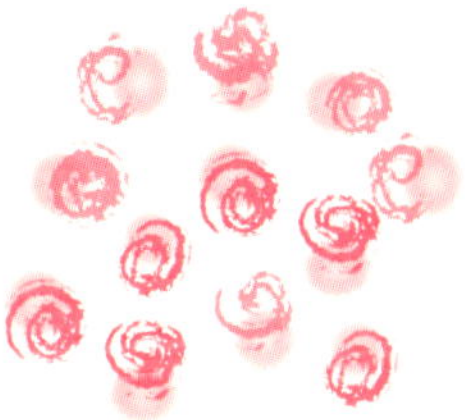

眠《ねむ》れない時《とき》

眠《ねむ》れない時《とき》は
無理《むり》して
寝《ね》なくてもいい
身体《からだ》を横《よこ》にして

何《なに》かをしていれば
その内眠《うらねむ》れる

もし
それでも
眠《ねむ》れなかったら
そのまま

起《お》きて
仕事《しごと》をすれば
その夜《よる》は
寝不足気味《ねぶそくぎみ》で
ぐっすり眠《ねむ》れる

それでも

眠《ねむ》れなかったら
徹夜《てつや》で
翌日《よくじつ》も
仕事《しごと》をすればいい
その夜《よる》は
死《し》んだように
ぐっすり眠《ねむ》れる

それが
人間《にんげん》の身体《からだ》です
少《すこ》しぐらい
無理《むり》があっても
気《き》にしないことです

健康《けんこう》を

気《き》にするなら
命《いのち》がけで
徹底《てってい》することです

単《たん》に
気《き》にするだけなら
自然《しぜん》の力《ちから》が

弱《よわ》まります
不自然《ふしぜん》な力《ちから》が
働《はたら》くのです

自然《しぜん》の力《ちから》は
気《き》にしないほど
強《つよ》くなります
何《なに》かを信《しん》じて

目標《もくひょう》を持《も》ち
明《あか》るく生《い》きれば
もっと
強《つよ》くなります
免疫力《めんえきりょく》とは
魂《たましい》の力《ちから》なのです

飛《と》ぶ

道《みち》が
まっすぐ
続《つづ》いている
そこを

思《おも》い切《き》り
つっ走《ぱし》ると
断崖絶壁《だんがいぜっぺき》
だった

どうする？
羽根《はね》を生《は》やして

飛《と》ぶしかない
それじゃ
飛《と》ぼう

一点《いってん》の
疑《うたが》いもなく
飛《と》ぶと

見事《みごと》に
飛《と》べた

いつの間《ま》に
ぼくは
こんなことが
できるように

なったのだ

すごく
不思議《ふしぎ》だった
そう思《おも》った
途端《とたん》に
まっ逆《さか》さまに

落《お》ちた

ええい
ままよ
落《お》ちるなら
落《お》ちろ
そう腹《はら》を決《き》め

開《ひら》き直《なお》ったら
また
羽根《はね》が生《は》えた

今度《こんど》は
自由自在《じゆうじざい》に
飛《と》べるようになった

空《そら》は
どこまでも広《ひろ》がり
まっ青《さお》で
気持《きも》ち良《よ》かった

戸渡阿見——とと・あみ

兵庫県西宮市出身。本名半田晴久。1951年生まれ。同志社大学経済学部卒業。武蔵野音楽大学特修科（マスタークラス）声楽専攻卒業。西オーストラリア州立エディスコーエン大学芸術学部大学院修了。創造芸術学修士（MA）。中国国立清華大学美術学院美術学学科博士課程修了。文学博士（Ph.D）。中国国立浙江大学大学院中文学部博士課程修了。文学博士（Ph.D）。カンボジア大学総長、政治学部教授。東南アジアTV局解説委員長。中国国立浙江工商大学日本文化研究所教授。有明教育芸術短期大学教授（声楽科）。その他、英国、中国の大学で、客員教授を歴任。現代俳句協会会員。社団法人日本ペンクラブ会員。小説は、短篇集「蜥蜴《とかげ》」、日本図書館協会選定図書になった、短篇集「バッタに抱かれて」など。詩集は、「明日になれば」、「ハレー彗星」、「泡立つ紅茶」など。俳句集は、「かげろふ」、「新秋」などがある。

戸渡阿見公式サイト　http://www.totoami.jp/

戸渡阿見詩集 泡立つ紅茶

2009年8月21日　初版第1刷発行
2013年7月24日　　　　第2刷発行

著　者　戸渡阿見
発行人　本郷健太
発行所　株式会社 たちばな出版
〒167-0053 東京都杉並区西荻南2-20-9 たちばな出版ビル
TEL 03-5941-2341（代）
FAX 03-5941-2348
ホームページ　http://www.tachibana-inc.co.jp/
印刷・製本　株式会社 精興社

ISBN978-4-8133-2265-8　Printed in Japan　